모두를 위한 시간

한국대표
명시선
100

이가림

모두를 위한 시간

시인생각

■ 시인의 말

바라보기, 꿈꾸기, 쓰기

바라보기, 꿈꾸기, 쓰기의 기나긴 공정工程 과정을 통해서 한 편의 시가 태어나는 것이지만, 그 가운데서도 '바라본다'는 행위가 결정적인 최초의 단서가 된다고 하겠다. 우리를 둘러싸고 있는 세계의 사물들을 그윽하고 정다운 애정의 시선으로 깊이 바라볼 때, 거기서 '시적 이미지의 씨앗'을 캐어낼 수 있기 때문이다.

날렵한 이미지의 사냥꾼인 시인은 송골매의 눈으로 순식간에 사물의 핵심과 실체를 꿰뚫어 보아야 한다. 그러니까 처음의 처음, '제2의 단순성'의 원점으로 한없이 되돌아가, 그 순수지각純粹知覺의 원점에서 다시 어린아이가 되어 바라보고, 놀라고, 꿈꾸면서 쓰지 않으면 안 된다.

「천국과 지옥의 결혼」이란 유명한 시를 남긴 영국 낭만주의의 대표적 시인 윌리엄 블레이크는 일찍이 "애정이 깃들지 않는 사고는, 육체와 정신을 분리하듯이, 사랑과 지혜를 분리시킨다"라고 말한 적이 있다. 그렇다. "애정이 깃들지 않은 사고"는 기본적으로 참다운 시인의 사유방식이 아니며 경멸해야 마땅할 비인간적 태도라 할 수 있다. 블레이크가 사용한 언어적 용법을 빌려 다시 말한다면, 사랑이 없는 사고는 사물을 바라보는 관찰방식에 있어 '눈을 가지고' 보는 것이지 '눈을 통하여' 보는 것이 아닌 것이다. '눈을 통하여' 본다는 것은 정확히 무엇을 뜻하는 것일까? 블레이크는 한 편지에서 이렇게 말한 바 있다.

"인간은 이 세상에서 행복할 수 있다고 나는 느낍니다. 나는 이 세상이 상상력과 비전의 세계임을 알고 있기 때문입니다. 그러나 누구나 똑같이 사물을 보지는 않습니다. 구두쇠의 눈에는 한 잎의 금화가 태양보다 아름답고, 돈을 넣어 닳아버린 가방이 포도송이가 달린 넝쿨보다도 더 아름답습니다."

그러니까 구두쇠는 '눈을 가지고' 보는 자라고 할 수 있으며, 시인은 '눈을 통하여' 보는 자라고 할 수 있다. 떠오르는 태양의 모습에서 한 잎의 금화를 보는 돈의 노예가 있는가 하면, 눈부신 출발과 희망의 비전을 엿보는 자유롭고 역동적인 상상력의 몽상가가 있는 것이다. 이 몽상가가 바로 '눈을 통하여' 사물을 보는 자, 즉 애정이 깃든 눈길로 세계를 깊이 바라보는 시인이다. 그러니까 시인詩人은 시인視人인 것이다.

생 폴 루(Saint-Pol Roux)라는 초현실주의 시인은 자신의 방에서 잠자는 동안에도 문밖에 "시인 작업 중"이라는 팻말을 달아놓고 잠을 잤다고 한다. 나 또한 잠자는 동안에도 꿈을 꾸고 상상력을 활동시키는 '24시간의 시인', 머리끝에서 발끝까지 꼼짝없이 시인인 그런 몽상가가 되고 싶다. 그러기 위해선 사악하고 부조리한 이 세상에서의 달콤한 유혹들을 버려야 하는 힘든 자기희생의 고통이 있어야 할 것이다. 내가 한 사람의 '시인'이라 불리는 한, 고독을 두려워하지 않는, 고독에 파닥거리지 않는, 고독에 거꾸러지기보다는 오히려 고독을 먹이로 삼아 삶의 진실을 캐어내기 위해 줄기차게 시의 쟁기질을 해야 한다.

2012년 겨울

이 가 림

2

3

4

5

1

바지락 줍는 사람들

바르비종 마을의 만종 같은
저녁 종소리가
천도복숭아 빛깔로
포구를 물들일 때
하루치의 이삭을 주신
모르는 분을 위해
무릎 꿇어 개펄에 입 맞추는
간절함이여

거룩하여라
호미 든 아낙네들의 옆모습

귀가, 내 가장 먼 여행 2

이렇게 저렇게
저렇게 이렇게
육십 년도 더 넘게 끌고 온
꿰매고 기운 헝겊 투성이의
내 슬픈 부댓자루를
해 지는 고갯마루에 잠시 부려놓고
하늘에 밑줄 친 듯 그어진 운평선雲平線에
망연히 한눈팔고 있노라니
예전에 어디선가 본 듯한
허연 수염 휘날리는 조각구름 하나가
불현듯 다가와
축 처진 내 어깨를 두드리며 타이르네

"그동안 많이도 수고했네만
네 부댓자루가 넝마가 될 때까지
조금만 더 끌고 가보게
더는 나아갈 수 없는
천길 낭떠러지
그 미완성의 정점頂点 끝에 다다를 것이니
그때 푸른 심연의 바다 한가운데

서슴없이 뛰어내리게"

이렇게 저렇게
저렇게 이렇게
육십 년도 더 넘게 끌고 온
꿰매고 기운 헝겊 투성이의
내 슬픈 부댓자루,
다 닳아진 한 조각 걸레가 되기까지
해 떨어지기 전
생의 마룻바닥을
무릎 꿇고 더 닦아야 하네

내 마음의 협궤열차

측백나무 울타리가 있는
정거장에서
장난감 같은
내 철없는 협궤열차는
떠난다

너의 간이역이
끊어진 철교 그 너머
아스라한 은하수 기슭에
있다 할지라도
바람 속에 말달리는 마음
어쩌지 못해
열띤 기적을 울리고
또 울린다

바다가 노을을 삼키고
노을이 바다를 삼킨
세계의 끝
그 영원 속으로
마구 내달린다

출발하자마자
돌이킬 수 없는 뻘에
처박히고 마는
내 철없는 협궤열차

오늘도
측백나무 울타리가 있는
정거장에서
한량 가득 그리움 싣고
떠난다

2만 5천 볼트의 사랑

나는 지하철을 사랑한다
2만 5천 볼트의 전류가 흐르는
인천행 지하철에 흔들릴 때마다
2만 5천 볼트의 사랑과
2만 5천 볼트의 고독이
언제나 내 안에 안개처럼
넘실거리기 때문이다

징그러운 발을 감추고
안 보이는 한 쌍의 촉각을 세운 채
음습한 곳에 묻혀 사는 벌레들을
마구 잡아먹는
한 마리 기다란 지네

그 꿈틀거리는 몸뚱어리 마디마디
환히 불 밝힌 방 안에서
학생 공원 선생 군인 회사원
창녀 수녀 신문팔이 소매치기
이 땅의 눈물겨운 살붙이들 모두가
서로 뺨을 맞대고

서로 어깨를 비벼대고
서로 밀치고
서로 부추기고
서로 껴안으며
즐거운 지옥의 밧줄에 묶여 끌려간다

이리 부딪치고 저리 쓰러지는
그 장삼이사張三李四의 물결 속에
몸을 던져
나 또한 즐거이 자맥질한다

너의 살결에
나의 살결이 닿고
너의 숨결에
나의 숨결이 섞이는
황홀한 세상

거대한 군중의 파도가
물거품의 자취조차 없이
나의 파도를 삼킨다

나는 지하철을 사랑한다
2만 5천 볼트의 전류가 흐르는
인천행 지하철에 흔들릴 때마다
2만 5천 볼트의 사랑과
2만 5천 볼트의 고독이
언제나 내 안에 안개처럼
넘실거리기 때문이다

순간의 거울 1

대지의 눈이
하늘의 거울을 바라보고 있다

눈 가장자리에
배 한 척이
가느다란 파문을 내며 미끄러져 간다
몇 마리 놀란 구름조각들이
물고기처럼 지느러미를 흔들며
잽싸게 흩어진다

석류

언제부터
이 잉걸불 같은 그리움이
텅 빈 가슴 속에 이글거리기 시작했을까

지난 여름 내내 앓던 몸살
더 이상 견딜 수 없구나
영혼의 가마솥에 들끓던 사랑의 힘
캄캄한 골방 안에
가둘 수 없구나

나 혼자 부둥켜안고
뒹굴고 또 뒹굴어도
자꾸만 익어가는 어둠을
이젠 알알이 쏟아놓아야 하리

무한히 새파란 심연의 하늘이 두려워
나는 땅을 향해 고개 숙인다
온몸을 휩싸고 도는
어지러운 충만 이기지 못해
나 스스로 껍질을 부순다

아아, 사랑하는 이여
지구가 쪼개지는 소리보다
더 아프게
내가 깨뜨리는 이 홍보석의 슬픔을
그대의 뜰에
받아주소서

목마름

— 옥봉玉峰 이씨李氏에게 보내는 편지

그대가 밤마다
이곳 문전까지 왔다가 가는
그 엷은 발자국 소리를
내 어찌 모를 수 있으리

술 취하여
그대 무릎 베개 삼아
잠들고 싶은 날

꿈길 어디메쯤
마주칠 수도 있으련만
너무 눈부신 달빛 만 리에 내려 쌓여
눈먼 그리움
저 혼자서 떠돌다가
돌아올 뿐

그동안
돌길은 반쯤이나 모래가 되고
또 작은 모래가 되어
흔적조차 사라져

이젠 내 간절한 목마름
땅에 묻고
다시 목마름에 싹 돋아
꽃 필 날 기다려야 하리

유리창에 이마를 대고

유리창에 이마를 대고
모래알 같은 이름 하나 불러본다
기어이 끊어낼 수 없는 죄의 탯줄을
깊은 땅에 묻고 돌아선 날의
막막한 벌판 끝에 열리는 밤
내가 일천 번도 더 입맞춘 별이 있음을
이 지상의 사람들은 모르리라
날마다 잃었다가 되찾는 눈동자
먼 부재不在의 저편에서 오는 빛이기에
끝내 아무도 볼 수 없으리라
어디서 이 투명한 이슬은 오는가
얼굴을 가리우는 차가운 입김
유리창에 이마를 대고
물방울 같은 이름 하나 불러본다

황토에 내리는 비

동풍이 목놓아 소리치는 날
빈 창자를 쓰리게 하는 소주 마시며
호남선에 매달려 간다 차창 밖 바라보면
달려와 마중하는 누우런 안개
호롱불의 얼굴들은 왜 떠오르지 않는가
언제나 버려져 있는 고향땅
단 한번 무쇠낫이 빛났을 때에도
모든 목숨들은 언문諺文으로 울었을 뿐이다
논두렁 밭두렁에
장삼이사張三李四의 아우성처럼 내리는 비
캄캄한 들녘 어디선가
녹두장군의 발자국 소리 들려온다
하늘에게 직소直訴하듯 치켜든
말없이 젖어 있는 풀들의 머리

돌

끝없는 밤의 추위에
온몸을 할퀴며 목말라 쓰러질지라도
나는 버리지 않는다 기다리는 힘
새벽을 기다리는 힘

이 천박한 끈질김 저주받아
골짜기에 내던져져 파묻힐지라도
나는 잃지 않는다 기어이 태어날 꿈
더욱 큰 삶으로 일어설 뿌리이기에

피와 눈물의 땅 위에서
번갯불에 비친 찰나밖에는 살지 못해
바람이 불 때마다 뜨겁게 우는 것
두려움 없이 하늘을 쳐다보는 것

2

오래된 돌확

간밤에 너무 목이 말라
뒷뜨락의
이끼 낀 돌확에 고인 달빛을
조롱바가지로 벌컥벌컥
바닥까지
다 떠서 마셨는데

어인 일인가
오늘 밤
더욱 푸르게
돌확에 찰랑이는 은하수
여섯 살 동승童僧의 반쪽 까까머리통 같은
표주瓢舟 한 척
둥둥 떠 있음이여

저 나막신 같은 나룻배에
몸을 실어
머나먼 미타찰彌陀刹까지
갈 수는 없을까

투병통신投甁通信 1

이제
내 비소砒素 같은 그리움을
천년 종이에 싸
빈 술병에 넣어
달빛 인광燐光 무수히 떠내려가는
달래강에 멀리 던진다

먼 훗날
부질없이 강가를 서성이는 이 있어
이 병을 건져 올릴지라도
그때엔 벌써
글자들이 물에 씻겨
사라져버렸을 것을 믿는다

끝내 말하지 못한 것이야말로
영원히 숨 쉬는 것

이제
내 비소 같은 그리움을
천년 종이에 싸

빈 술병에 넣어
일찍이 미친 사내 하나 빠져 죽은
달래강에 멀리 던진다

투병통신投甁通信 2
— 생 라자르 역 광장

우리가 헤어진 건 생 라자르 역 광장, 아르망 페르낭데즈의 조각 「모두를 위한 시간」 앞에서였지. 여느 때처럼 "다음 주 토요일 정오에 여기서 다시 만납시다"라고 약속을 하고 무심히 헤어졌었지. 하지만 그게 영원히 다시 못 볼 삼도내의 작별이 될 줄 누가 알았겠는가.

운명의 시침時針이 너무 빨리 가는 시계를 찬 그대와 우연의 시침이 너무 늦게 가는 시계를 찬 내가 물의 도시 도빌행 기차를 타고 여행을 한 건 몇억 광년의 세월 속에서 일어난 불가사의한 기적 중의 기적이었지.

어느 낯선 거리 건널목에선가, 발을 헛디디는 아주 사소한 실수로 오토바이에 치여 병원 응급실에 실려 가는 어처구니없는 우발사라도 그대에게 일어났던 것일까. 그날 이래 우리의 시계판은 납땜질 된 채 운행을 멈춰 버리고 말았지. 되돌아올 길 없는 망각의 나락에 떨어진 그대는 아르망 페르낭데즈의 「모두를 위한 시간」 앞에 다시 올 수 없었고, 그것으로 우린 영영 엇갈린 행로를 밟을 수밖에 없었으니, 이는 심술궂은 시간의 신의 질투가 아니고 무엇이겠는가. 우린 서로의 이름을 묻지 않았고, 다만 눈동자와 머리 빛깔과 목소리의 억양을 아는 것으로 이미 다정한 연인이 되어 버렸지.

비록 지금 그대의 이름을 알지 못해 부를 수 없다 해도, 그대의 눈빛과 웃음소리와 머리칼 향기를 기억하는 한, 그대는 내 안에 생생히 살아 있고, 그대 안에 내가 살아 숨 쉬고 있는 것이오.

우린 '안녕히'란 차디찬 작별의 말을 입으로 말한 적이 없으므로 결코 헤어진 것이 아니오. 서로 다른 시간을 가리키고 있지만 누구도 틀린 것이 아닌 아르망 페르낭데즈의 「모두를 위한 시간」 앞에서 난 기어이 오고야 말 이 세상의 기적의 순간을 한사코 기다릴 것이오.

바람개비 별* 1

태양보다 25배 무겁고
10만 배나 더 밝은 그대는
나의 눈부신 현기증

멀리서 바라보기만 해도
온몸에 세찬 전류의 소용돌이가 일어
귀울음 윙윙 소리쳐 울게 하고
캄캄한 밤에도
오로라밖에는 아무것도
못 보게 하네

4천8백 광년 떨어져 있던
그대가
푸른 오렌지 같은 지구의 한 모퉁이
한 개 모래알인 내게로 오자
또 하나의 다른 우주가 열리고
웅크린 태아胎兒 형상의
6과 9가 만나는
둥그런 만다라 꽃
피어나네

* 미국 캘리포니아 버클리대 연구팀이 하와이에 있는 직경 10m의 케크 망원경으로 지구에서 4,800광년 떨어져 있는 바람개비 별(WR104)을 촬영하는 데 성공했다. 1998년 4월과 6월에 촬영한 사진에는 WR104가 바람개비 현상을 일으키는 모습과 바람개비 전체가 회전하는 모습이 잘 드러나 있다.

바람개비 별 2

오늘 보았는데도
안 본 것같이
오늘 못 보았는데도
본 것같이
그대는 언제나
내 눈꺼풀 위에 서 있어
희한한 무중력의 허공을
걷고 있네

밤을 통하지 않고서는
낮을 볼 수 없는
이 찢겨진 비형鼻荊*의 슬픔을
부활절의 태양보다 더 따스한
빛의 옷으로 감싸주는
그대

오늘 보았는데도
안 본 것같이
오늘 못 보았는데도
본 것같이

한 발짝 한 발짝
생의 비밀을 만들어가는
눈 시린 만남의 기적
새겨지네

* 비형鼻荊 : 『삼국유사』의 「도화녀桃花女와 비형랑鼻荊郞」 편에 나오는 진평대왕 시절의 인물로, 왕이 용사 50명을 시켜서 지키도록 했으나 밤마다 성 밖으로 멀리 도망가서 놀다가 새벽 종소리를 듣고서야 집으로 돌아왔다고 전해진다.

바람개비 별 4
— 마음의 귀

바람구두를 신고
굴렁쇠를 굴리는 사나이
늘 마음의 귀 쏠리는 곳
그 우체국 앞 플라타너스 아래로
달려가노라면,
무심코 성냥 한 개비
불붙이고 있노라면

눈으로 약속한 시간에 마중 나오듯
그렇게 마중 나오는
그대의 신발 끄는 소리…

저 포산包山 남쪽에 사는 관기觀機가
불현듯 도성道成을 보고 싶어하면
그 간절함
바람으로 불어가
산등성이 떡갈나무들이 북쪽으로 휘이고
도성 또한 관기를 보고 싶어하면
그 기다림
바람으로 불어가

산등성이 상수리나무들이 남쪽으로 휘이는 것
옛적에 벌써
우리 서로 보았는가

내가 보내는 세찬 기별에
그대 사는 집의 처마 끝이나
그 여린 창문이 마구 흔들리는
뜨거운 연통관連通管이 분명 뚫려 있어
눈으로 약속한 시간에 달려가는
내 눈먼 굴렁쇠여!

그림자를 낚는 사람

가물거리는
상념의 호숫가에
낚싯바늘 없는 낚싯대를 드리워 놓고
없는 물고기인 '나'를
기어이 잡아보겠다고
온종일
바람 부는 갈대밭에 앉아 있는
저 멍텅구리 좀 보소
프르륵 프르륵
찌를 흔드는 것이
제 그림자인 줄도 모르고
매번 헛되이 낚싯대를 끌어당기고 있는
번쩍 빛나는 찰나의 비늘에 홀린
저 멍텅구리 좀 보소

물총새잡이의 기억 1

어디선가
황색 부리 하늘색 허리의
물총새가 날아와
시냇물에 닿을락 말락
총알같이 빠르게 물살 튕기며
번뜩이는 찬란한 배때기의
한 마리 피라미를 물고
커다란 무지개의 활[弓]보다 높이
가뭇없이 사라진 뒤
뭉게구름 속에
분명 둥지를 틀고 있을
그 물총새의 푸른 울음소리 귓가에 맴돌아
하많은 여름날
고무줄 새총으로
새하얀 신기한 구름 걸려 있는
천길 포플러의 우듬지를
얼마나 수없이 쏘았던가

웅덩이 속의 무지개

나는 똑똑히 보았다
대지의 조그만 거울
더러운 검은 웅덩이 속에
영롱한 무지개가 피는 것을

황톳길,
자갈길,
아스팔트 길,
뚫어진 세상의 길이란 길 모두
헐레벌떡 누비고 누비다가
앙상한 시체 되어 내팽개쳐진
자동차 무덤 가까이
온갖 썩어가는 물과 기름들 모여 있는
아롱아롱 빛나는 화엄의 늪
그 웅덩이 거울 속에
어느 날엔 구름이 쉬어가기도 하고
어느 날엔 달이 마실 오기도 하고
어느 날엔 배고픈 개들이
컹컹 짖어대다 사라지기도 하고
어느 날엔 주홍빛 유곽의 불빛들

무릉武陵의 복사꽃으로 피었다 지기도 하는 것을
때때로 나는 보았다

아아,
나는 똑똑히 보았다
대지의 조그만 거울
더러운 검은 웅덩이 속에
영롱한 무지개가 피는 것을

돈황시편 1

— 명사산鳴沙山

백동白銅빛 해가
모래마루를 굴러다니던
그 여름 저녁답
빈 풍적風笛 소리로 흐느끼던 명사산鳴沙山
마야 부인의 젖무덤 같은 등성이에 올라
그대가
모래썰매의 앞날개가 되고
내가
뒷날개가 되어
호숩게 호숩게
노 저어 갈 때
나는 보았네
사람들이 언뜻 보았다고 믿었던
번갯불의 영원을,
그 눈부신 현존의 한가운데
짜르르 가로질러 지나가던
캄캄한 섬광을

3

35평방미터의 고독 1

— 파리, 1996년 겨울

펜트하우스를 보며
수음을 하던 사내가 살던 방
엉거주춤 북서쪽으로 돌아앉은 창가에
추운 비둘기들이 빵 부스러기를 얻어먹으러 온다
책보자기만큼도 햇빛이 깃들지 않는
독방에서
식은 막대기빵을 밖으로 내던질 수 있는
순수자유를 나는 한없이 사랑한다
비둘기와 밥을 나누어 먹는
는개 내리는 겨울 저녁
노란 안개 자욱한 카페에 앉아
불의 압생트를 마시는 자들을 향해
감기 걸린 개처럼
마구 짖어댈까,
지붕 위에서
뛰어내릴까

35평방미터의 고독 3
— 빨래하는 남자

월요일
양말 한 켤레
러닝셔츠 하나를 욕조에 처넣는다
화요일
양말 한 켤레
러닝셔츠 하나를 또 욕조에 처넣는다
수요일
양말 한 켤레
러닝셔츠 하나를 또다시 욕조에 처넣는다
목요일
양말 한 켤레
와이셔츠 하나를 욕조에 처넣는다
금요일
양말 한 켤레
팬티 하나를 욕조에 처넣는다
토요일
퉁퉁 부은 물고기들이 배때기를 드러낸 채 죽어 있는
물 빠진 시커먼 늪
미끈거리는 뻘밭을
나는 알발로 지근지근 밟는다

일요일
바람 불어 빨래하기 좋은 날
흔들고, 짜고, 뒤집고, 비틀고, 당기는
한바탕 팽팽한 줄다리기 끝에
한 마리 가오리처럼 축 늘어진
나를
베란다에 널어 말린다

35평방미터의 고독 4
— 딱따구리

잠 안 오는 밤
심술궂은 한 마리 딱따구리가 되어
나는 시멘트벽에 부질없이 못을 박는다

번번이 빗나가는 나의 망치질에
구부러지거나
한사코 튕기는 못대가리
그놈의 뻔뻔스런 저항을 향해
용서할 수 없는 정면대결을 선언한다

잘못 박은 어제의 못을 빼어내고
그 상처투성이의 비뚤어진 구멍에
오늘 다시 회심의 못을 똑바로 박아보려 하지만
매양 죄 없는 손가락만 피멍드는
비참한 헛손질로 끝날 뿐이다

이 슬픈 병원 같은 도시에서
누군가 고향의 숲을 그리워하는 이 있다면
내가 못 치는 소리를
딱따구리의 쪼는 소리로 들어다오

잠 안 오는 밤
심술궂은 한 마리 딱따구리가 되어
나는 시멘트벽에 부질없이 못을 박는다

나문재

누구라도
밀물 드는 저녁 갯벌에 서서
나문재 밭을 보거든
그저 붉게 깔린 바닷가 꽃밭쯤으로
바라보지 말 일이다

가쁜 숨 몰아쉬며
익사하는 태양이
각혈하듯 검은 피 쏟아놓아
갯벌이 팥죽빛으로 어두워진 뒤에도
나문재 뜯으러 간 어메
영 돌아오지 않아

단발머리
깡마른 막내 고모의 등에 업혀
옴마한테 얼릉 가아,
옴마한테 얼릉 가아,
보채고 또 보채는
새까만 코흘리개 하나 있었느니

배고파서
부엉이 새끼같이 눈 껌벅이는
한밤중
쉰 나문재 몇 줄기
씹어 삼키고서야
가까스로 잠들었느니

꿈속에 무시로 떨어지는 별똥별들
하얀 튀밥 되어
머리맡에 수북이 쌓여갔느니

누구라도
밀물 드는 저녁 갯벌에 서서
나문재 밭을 보거든
그저 붉게 깔린 바닷가 꽃밭쯤으로
바라보지 말 일이다

어린 꼬리치레도롱뇽의 하루

타는 입술에
물 한 모금 적실 길 없는
살아서는 건너지 못하는 타클라마칸 사막보다
더 험난한 자갈밭을
꼬리치레도롱뇽 한 마리
온종일
낮은 포복으로 헤쳐간다

하루 50미터의
그 최대한의 행동반경
산다는 것의 극한을 향해
푸른 생피 흘리며 숨 가쁘게 꿈틀댄다

등껍질이 벗겨지고
무릎뼈가 문드러지는
삼보일배三步一拜의 길

그 피어린 홀로의 행진 끝에
어린 꼬리치레도롱뇽이
가까스로 다다른 곳은

포클레인들 무섭게 으르렁거리는
공사장 근처
온갖 기름들 엉겨 떠 있는
시커먼 웅덩이

유난히 커다란 볼록눈을 지닌
어린 꼬리치레도롱뇽
저 멀리 이끼 낀 고향을 얼른 볼 듯도 하건만
두어 발짝 둘레조차
잘 분간 못하는
슬픈 천형天刑의 근시안임을 어찌하랴

아아!
더는 나아갈 수 없는
백척간두百尺竿頭에서 뛰어내리듯
어린 꼬리치레도롱뇽
기어이 살기 위해
거짓 무지갯빛 아롱진 웅덩이 속으로
여지없이 몸을 던진다

그 여름의 미황사

내리쳐도 내리쳐도
한사코 솟구쳐나오는 머리통을
그 어떤 도끼로도 박살 낼 수 없었나 보다
짙푸른 구곡九曲 병풍으로 둘러선
산등성이마다
잘생긴 달마들 기웃기웃 서서
동백꽃들 벙근 젖가슴 보느라
회동그란 눈에
불이 붙어 있었네

영문 모르고
여름 한문 외우기 공부에 붙들려온
땅강아지 같은 아이들
돌담 넘어 뙤약볕에 익어가는 까마중에만
한눈팔려
생각 사思 자에 마음 심心이
하나같이 떨어져 나가고 없었네

허허,
달마산이 바로 절간이거늘

미련한 중생들은 무엇하러 빈 법당에서 빌고 있는가
한마디 내뱉고 싶어 죽겠는 건달 나그네
일찌감치 절 마당에서 빠져나와
풀숲을 휘젓는데
암여치 한 마리 숫여치를 업고 나는
그 숨 가쁜 활공滑空의 순간의 사랑
대낮 무지개를 그리고 있었네

찌르레기의 노래 1

별빛 초롱한
밤이면
찌르륵찌르륵 울며
네게로 가고 싶다

그렇게 맨몸으로
몰래 다가가서
내가 네 속에 스며들고
네가 내 속에 스며드는
그림자가 되고 싶다

아슬히 먼 은하수 길
날아가다가
끝내 지옥 바다에 떨어질지라도
한 줄기 무지개 그리움으로 서서
손짓할 수 있다면
흑옥黑玉빛 눈물
반짝일 수 있다면

삼도三途내 기슭에 밀리어

허우적거려도 좋으리

별빛 초롱한
밤이면
찌르륵찌르륵 울며
네게로 가고 싶다

이슬의 꿈

내가 이슬 되어
칼날 선 풀잎을 타고
차디찬 어둠을 넘어서 가는 새벽
그 실낱같은 외길 끝에
언제나 나를 부르는 별 하나
떨고 있었네

천길 벼랑 위에
환한 금강초롱의 등불로 매달려
날 기다리는 얼굴 하나 있어
입술 터지고
무릎 피멍 들어 문드러져도
캄캄한 안개 속
홀로 갈 수 있었네

삶은 온몸을 찰나에 내던지는
눈부신 죽음

그대와 나
조그만 빛의 이슬이 되어

생의 사닥다리
그 아득한 꼭대기에서 떨어지고파
부서지고파

그 여름의 옥수수밭

싸움터에 끌려가
영영 돌아오지 않는 아비들을
살려내라고
살려내라고
푸른 깃발 하나씩 치켜든 채
조선의 아낙네들
쨍쨍한 8월의 햇무리 어지러워
쓰러질 듯
서 있었네

그러나 그대들은
타는 고향땅에
굳센 증언처럼 꽂혀서 서걱이는
칼의 딸들
황토 언덕 휩쓸어오는 강풍에도
결코 고개 숙이지 않는
당당한 여인무사女人武士들

섣불리 다가와
능욕하려는 오랑캐의 웃음소리들

일제히 팔짱 낀
침묵의 시위로 잠재우고
미친 이리처럼 날뛰는 망나니들
단숨에 에워싸
무릎 꿇게 하였네

싸움터에 끌려가
영영 돌아오지 않는 아비들을
살려내라고
살려내라고
푸른 깃발 하나씩 치켜든 채
조선의 아낙네들
등에 업은 고수머리 애기들의 칭얼거림에
가까스로 입을 틀어막고
울고 있었네

가물치

매초 일만 오천 톤의 흙탕물이
밀어닥치는 하구에서
한사코 하늘을 향해 튀어오르는
가물치 한 마리

투망 던지는 눈을 조롱하며
물살보다 빨리 내닫는 힘
까마득한 낭떠러지 거슬러 올라
기어이 가야 할 먼 강물의 뿌리 그리워
온 비늘로
삶의 독 내뿜고 있다

아아, 슬픔에 파닥거리는 사람아
넋 기댈 데 하나 없는
칙칙한 수초들 사이
안 보이는 작살이 우리들 아가미를 노릴지라도
몸속에 자유의 피 흐르는 가물치 되어
타고난 몸짓 뜨겁게 푸득거려 보자
등비늘 온통 벗겨질 때까지
뒹굴어보자

4

순간의 거울 2

— 가을 강

가랑잎 하나가
화엄사 한 채를 싣고
먼 가람으로 떠난 뒤

서늘한
기러기 울음
후두둑 떨어져
물거울 위를
점자點字인 양 구른다

노을 타는
단풍밭
보랏빛 이내에 묻히고

깊은 하늘의 이마에 걸린
가버린 누이의 눈썹
그 그늘에 이슬들
아롱아롱 맺힌다

가랑잎 하나가
가을의 끝
한 줌 허무를 싣고
먼 어둠으로 떠난 뒤

순간의 거울 7

— 상응

내가 문득
보조개 이쁜 누이를 바라보듯
꽃 한 송이 바라보니
새하얀 빛깔로
웃는다

가늘게 떠는
그 웃음소리에 놀라
잠 깬 이슬들이
내게 말을 걸어
이름을 묻는다

난 눈길 없는 눈길로
바라보는 돌,
그대들이 바라보면
소리 없는 소리로
웃는 돌

순간의 거울 8

— 항아리

누가 밤새 길어다 부었는가
뒷뜨락 항아리에 가득 고인
저 찰랑이는 옥玉빛 눈물의 은하수

순간의 거울 9

초생달이
갈대의 칼에 찔려
꽂혀 있는 밤

잠 못 드는
각시붕어 한 마리
솟구쳐 올라
하늘의 은빛 낚싯바늘을 향해
한사코 입질한다

갈대가
초생달의 칼에 베여
쓰러져 있는
밤

한 월남 난민 여인의 손

송코이 강가 마을에서 연초록 풀잎으로 태어난 손, 땡볕에 그을린 웃음 깔깔거리며 고무줄놀이하던 손, 바구니 가득 망고를 따던 손, 한 모금 처녀의 샘물을 움켜쥐던 손, 불타는 야자수 그늘 아래 물소를 몰던 손, 느닷없이 M16 총알의 탄피가 스쳐 간 손, 칼에 찢긴 손, 밧줄에 묶인 손, 코브라의 목을 조른 손, 송장을 불태운 손, 빵과 옷을 훔친 손, 가짜 입국사증과 약혼반지를 바꾼 손, 피의 강을 헤엄쳐온 손, 대양에 던져져 살려달라 살려달라고 외친 손, 어머니 사진을 찢어버린 손, 아아, 마침내 남의 땅 구정물통에 빠진 손, 인천 신포동 술가게에 팔려온 손, 악어 잔등보다 더 거친 손, 내가 입맞추고 싶은 거룩한 슬픈 삶의 손.

물수제비뜨기

내가 던진 돌멩이가
물 위를 담방담방 뛰어가다가
간 곳 없이 사라진다
측심기測深器로 잴 수 없는
미지의 바닥에 돌멩이는 잠드는 것일까
잠시 일렁이던 파문도 자고
물거울에 뜨는 산 그림자의
입 다문 얼굴,
나는 무감동한 고요를 깨뜨리기 위해
또 하나의 돌멩이를 멀리 팔매친다
죽음에 배를 대고
팽팽한 찰나만을 디디고 가는
한 줄기 생명의 퍼덕임을
어렴풋이 보았다
아이와 함께
물수제비뜨는 날

하나가 되기 위한 빗방울들의 운동

까마득한 높이에서
빗방울들이 수직으로 떨어진다
죽음조차 두렵지 않다는 듯
해맑은 얼굴로
떨어진다

떨어지는 빗방울들은
산산조각 제 몸을 땅에 바친다
아까울 것 하나 없는 운명이라는 듯
제 몸을 바친다

낮은 데로 낮은 데로 흘러
모여서
더 이상 갈라서지지 않는
하나의 무리가 되어
나아갈 제 길을 스스로 만든다

사람들은 믿지 않는다
홈통을 타고 흘러내리는
이 조그만 것들의 가느다란 소리가

꽉 막힌 하수구를 뚫고 둑을 무너뜨리고
콘크리트 장벽을 허물게 되는 것을

하나뿐인 제 몸을 내던져
살갗과 살갗 서로 부비는
저 빛 머금은 눈물 같은
목숨들의 발걸음!

또 하나의 돌

벌거벗은 벌판에 서서
나는 바라본다 캄캄한 밤이 오는 쪽을
오랜 굶주림 속에 버려진 어머니의 나라
아무것도 볼 수 없는 장님으로
나는 모든 것을 바라본다

나는 바라본다 국도國道의 끝을
몸 전체가 불타는 저녁노을 받아
몇 명의 사역병들이
야전삽으로 안개를 퍼올리는 곳
임진강 모래밭에서 빛나는
노오란 털의 땀방울들

나는 바라본다 슬픈 증인처럼
어둠과 망각의 밑창에 잠들 수 없는
강한 바람을 향해 싸우는 나날
이마에는 그림자 깊게 파이고
살면서 부서져 가는 것
나는 껴안는다 다만 나 자신의 죽음을

밴댕이를 먹으며

무게 없는 사랑을
달아보고 또 달아보느라
늘 입속에 말을 우물거리고만 있는
나 같은
반벙어리 보라는 듯
영종도 막배로 온 중년의 사내 하나
깻잎 초고추장에
비릿한 한 움큼의 사랑을 싸서
애인의 입에 듬뿍 쑤셔 넣어준다
하인천역 앞
옛 청관으로 오르는 북성동 언덕길
수원집에서
밴댕이를 먹으며
나는 무심히 중얼거린다
그렇지 그래
사랑은
비릿한 한 움큼의 부끄러움을
남몰래
서로 입에 넣어주는 일이지……

새우잠

전세에서 전세로 쫓겨 다니는
변두리 내 식구들, 그 무슨 기다림에도 길든
30촉 전등불의 정다움을 찾아
눈 내리는 자갈밭 술 취해서 간다
밤마다 새우처럼 허리 구부리고
나는 어린 딸의 발가락을 만지며 잔다
이 석화石花 껍질 같은 지구의 한 모퉁이
살아 있는 몇 마리 새우들
고달픈 어미는 가로로 쓰러지고
새끼들은 세로로 쓰러져서
차디찬 식은땀의 잠꼬대들이다
도대체 어떻게 하자는 싸움이냐
꿈속에서도 깊은 바다 밑을 헤매며
검은 상어에게 쫓겨다니는 길뿐이니

겨울 논

참새 몇 마리 언 잔설殘雪을 쪼는 듯
볏가리도 다 걷힌 새벽 어스름
칼날처럼 살얼음이 깔리는 논바닥에
어디로 떠나간 고무신 발자국인가
점점點點이 살아 파르르 떨고 있는 것

5

모닥불

한 무더기 동백꽃인 양
변두리 눈밭에서 피어나는 것
숨어서 더욱 타오르는 것
강아지도, 구두닦이도, 자전거 수리공도,
몸 파는 아가씨도
서로 다투어 꽃송이를 꺾는가
둥그렇게 둥그렇게 어우러져
언 손들을 내뻗고 있구나
노을빛인 양 물든 인간의 고리

오랑캐꽃 1

나를 짓밟아다오 제발
수세식 변소에 팔려온 이 비천한 몸
억울하게 모가지가 부러진 채
유리컵에나 꽂혀 썩어가는 외로움을
이 눈물겨운 목숨을, 누가 알랴.
말라비틀어진 고향의 얼굴을 만나면
죽고 싶다 다시는 돌아갈 수 없는
슬픈 전라도 계집애의 죄,
풀꽃들만 흐느끼는 낯익은 핏줄의 벌판은
이미 닳아진 자를 받아주지 않는다.
쑥을 뜯고 있는 주름살의 어머니에게
마지막으로 갈 수 있을까.
이 곪아 터지지도 못하는 아픔
맥주잔에 넘치는 비애의 거품을 마시고
더럽게 더럽게 웃는 밤이여.
나를 짓밟아다오 제발

오랑캐꽃 6

— 물거품의 나날

나는
오늘도 버스를 타고 먼지의 도시로 간다
나는 오늘도
버스를 타고 먼지의 도시로 간다
나는 오늘도 버스를
타고 먼지의 도시로 간다
나는 오늘도 버스를 타고
먼지의 도시로 간다
나는 오늘도 버스를 타고 먼지의
도시로 간다
나는 오늘도 버스를 타고 먼지의 도시로
간다
나는 오늘도 버스를 타고 먼지의 도시로 간다

오랑캐꽃 10
— 슬픈 귀향

밤으로 빠져나온 곳
이끌리어, 다시 이끌리어
예까지 몰래 왔다

범인이 현장에 다시 찾아가듯
지금 갈꽃 날리는 방죽가에 돌아와
숨어서 바라본다
엎드린 게딱지 지붕들의
촉수 낮은 불빛을

성큼 들어서지 못하고
문밖에서만 엿보는 마당
퀴퀴한 청국장이라도 끓이고 있는가
어둑한 부엌에서
새어나오는 어머니의
밥그릇 달그락거리는 소리

나는 돌아가야 한다
부서진 얼굴을 감추고
돌아가야 한다
저 번쩍이는 도시의 수렁 속으로
밤 속으로

황톳길 가면

온 세상 햇빛뿐인
내 고향 황톳길 가면
떠나신 님 그리워 그리워라
솔바람 타고 떠나가신 님
아지랑이 아른아른 날 부르는데
정다운 목소리 간 곳 없어라
정다운 목소리 간 곳 없어라

온 세상 바람뿐인
내 고향 황톳길 가면
푸르른 들 반가워 반가워라
뻐꾸기 홀로 울음 우는 곳
산 메아리 자꾸자꾸 날 부르는데
수줍은 찔레꽃 울 듯하여라
수줍은 찔레꽃 울 듯하여라

땅빳기

동구 밖 왕골논에 지는 땅거미
한 뼘씩 따먹어 들어가던 황토 길바닥 떠오르네
호박넝쿨 뒤엉킨 담장 아래
꿈틀거리며 기어가던 나방이는 무엇이 되었나
귓가에 맴돌던 풍뎅이 울음 들리는 듯
지금 내 귓가에 돌아오는 소리여
쇤 삘기 같은 계집애들 나부껴
깡마른 노래의 고무줄이나 넘고 있는 동구 밖
25, 6년도 전에 곱돌로 그어둔 땅은
지워지고 지워진 흔적마저 없네

겨울의 불꽃

— W에게

저문 저자에서 몇 되의 석유와 배추를 사 들고
다자이 오사무[太宰治] 같이 시든 남자를 만나러 오는 그대여
하나님의 기침 소리보다 더 적막한 눈발이
퍼부어 내리는 이 백팔번뇌의 뜰에서 입맞추자

어떤 안부安否

— 다시는 다시는 되찾을 수 없는 것을
잃어버린 사람에게(보들레르)

전라도 정읍 산성리의
우리 외할머니네 집 굴뚝 밑에
묻어 놓았던 옥색 구슬은
순수하게 빛나며 아직 있을까.
얄미운 개가 매장된 시체를 파헤치듯
우악스런 발톱으로
꺼내 버렸으면 어떡허나.
그 굴뚝 근처에서
금순이들과 모여 저녁마다 꿩의 깃털을 등에 꽂고
나는 숨바꼭질을 하며 즐거웠다.
어릴 적, 그때 술래가 되어 숨은 뒤안의
귓속말 주고받는 내외같이
정정하게 서 있던 은행나무는
지금쯤 목관木棺이라도 지을 만큼 자라서
무성한 그늘로 지붕을 덮었겠지만,
한 쌍 까치의 둥우리는 남아 있을까.
손 안 닿는 정상의 가지 새에
오늘도 태연히 그냥 있을까.
바람개비처럼 사계四季의 바퀴는 돌아
삐걱삐걱 굴러서 가나

위안도 없고 물소리 하나 없는
소란스런 시장 속을 흘러가며
가끔 짤막한 탄식이 터져 나오는 것을 어찌하랴.
메마른 뇌수腦髓에 파인 생명의 샘처럼
생각 속에서만 간직되어 있는
내 소년의 동정童貞이여.
시방
저 전라도 정읍 산성리의
우리 외할머니네 집
왕골과 갈대풀 냄새가 나는
그 굴뚝 밑으로 찾아가면,
겹눈이 기묘한 모밀 잠자리며
날카로운 밤새의 웃음소리 들리고
보릿대 타는 연기 속에
별과 정령精靈과 그 무슨 꿈의 벌레들이 보일까.

야경꾼 3

— 만경강에서

한 가마니씩 무거운 가난을 지고
무명옷 입은 고무신들이 지나간 발자국에
빗물이 고인다 한없이 죽고 싶은
법이 없는 내 고향 필생畢生의 논
불쌍한 발동기가 밤새워 돌다가
지친 노동의 끝에 한숨 지듯 스스로 꺼진다
노오란 안개와 함께 강물은 죽어 있는 것일까
이제 더 이상 굶주림을 말하지 않는다
어린 달래들은 어려서 구겨지고
힘의 남근男根도 모두 병든 뿌리뿐인 것을
짐승같이 털 난 맨가슴의 싸움
그 퍼런 쟁기날은 어디에도 보이지 않는다
요즘 신문이 지껄이는 거짓말과 거짓말의
비겁함 뒤에서 뜨겁게 우는 땅
나는 엎드린다 하나의 풀잎으로
빈 들녘 어스름 속에서

빙하기氷河期

— 장 바티스트 클라망스에게

그 헐벗은 비행장 옆
낡은 예레미야 병원 가까이
스물아홉 살의 강한 그대가 죽어 있었지.
장 바티스트 클라망스
스토브조차 꺼진 다락방 안 추운 빙벽氷壁 밑에서
검은 목탄木炭으로 데생한 그대 어둔 얼굴을 보고 있으면
킬리만자로의 눈 속에 묻혀 있는 표범 이마,
빛나는 대리석 토르소의 흰 손이 떠오르지.
지금 낡은 예레미아 병원 가까이의 지붕에도
눈은 내리고
겨울이 빈 나무허리를 쓸며 있는 때.
캄캄한 안개 속
침몰하여 가는 내 선박은
이제 고달픈 닻을 내리어 정박하고서
축축히 꿈의 이슬에 잠자는 영원인 것을.
짙은 밤 부둣가 한 모퉁이로
내 아무렇게나 혼자서 떠나보네.
갈색 머리 흑인 여자의 서러운 이빨같이
서걱이는 먼 겨울 밤바다 살갗은
유리의 달에 부딪쳐 바스러지고

죽음보다 고적한 외투 속의
내 사랑은
두 주일이나 그냥 있는 젖빛 엽서
나목裸木 끝에 마지막 한 장 가랑잎새로 지는 것을
씁쓸히 웃으며 있네.
지난 생 마르텡의 여름 밤주막에서
빨갛게 등불을 켜 달고
여린 별빛들이 우리 잔등에 떨어져 와 닿는,
들끓는 소주를 독하게 마시며 울었지.
장 바티스트 클라망스
그대 건강한 의사가 되겠다고 여름내 엄청난 야망은 살아
자기 안의 한 무더기 폭약에 방화放火도 했지만
참혹하게 파손되어 간 내실이었음을
어느 저녁 식탁에선가, 눈물 글썽이게 하는
그대 슬픈 소식을 건네 들었지.
지금은
옷고름처럼 나부끼는 달빛에 젖어
마른 갯벌 바닥으로 배회하다
무릎까지 빠지는 맨발의, 괴로운 밤 게[蟹]가 되어서 돌아오는

조금씩 미쳐가며 나는 무서운 취안醉眼인 채
황폐한 자갈밭을 건너
흐린 가스등 그늘이 우울한 시장가에서
눈은 내리고
하얀 수의囚衣 입은 천사처럼 잠시 죽어봤으면 생각하다가
포효咆哮의 거대한 불꽃으로나 멸망하기를 소망하다가,
아아 자꾸만 목이 메이고 싶어지는
내 고단한 목관木管의 노래는 떨려
오뇌의 회오리바람에 은빛 음계音階들이 머리칼마다
흩날리며 있네.
그 드뷔시 찻집 유리 속의 금발이 출렁이는 인형은
젖은 눈이 성에 낀 창밖을 보고
수런대는 목소리들 잔盞 둘레로 넘쳐나
비듬처럼 쌓여가는데
잊힌 의자 아래 이랑져 오는 음악의 꽃빛 눈부시는
바람결 소리여.
이 침전沈澱하는 장송葬送의 파도가에 앉아서 단 한 번
고운 색깔이 아롱진 어안魚眼의 나는
뜨거운 두 손으로 피곤한 이마를 묻어보네.

■ 작은 시론

교감의 시학을 향하여
— 내가 걷는 시의 길

이 가 림

내가 걸어왔고, 걷고 있고, 걸어가려는 시의 길 위에서, 나로서는 매우 중요한 것으로 생각되는 '교감의 시학', '만물조응의 시학', '참다운 만남과 관계'의 시학에 대해 진지하게 이야기를 나누어 보고자 한다. 내가 말하고자 하는 것은 19세기 프랑스 상징주의의 아버지 보들레르가 말한, 이른바 '상응'(correspondances)의 시학을 일반적으로 다시 소개하거나 설명하려는 게 아니다.

내가 생각하는 '교감'交感이라고 하는 것은 인간과 인간, 인간과 사물과의 현상학적 관계를 의미한다. 우선 어떤 사물에 대해 사랑을 하지 않으면 교감할 수가 없다. 나를 둘러싸고 있는 세계와 사물을 사랑하지 않으면, 그리고 깊이 이해하지 않으면 진정으로 교감을 할 수가 없다. 시인은 사물의 거죽이 아니라 알맹이, 그 깊이를 꿰뚫어 보고 거기에 소중하고 숭고한 의미를 부여할 줄 알아야 한다.

세계를 온전하게 알기 위해서는, 우리가 보통 '아름답다'고 간주해 왔던 것만을 볼 것이 아니라, 추악하다고 도외시해 왔던 것, 천시하며 외면해 왔던 것들에까지도 "그윽하고 정다운 눈길"을 던져야 한다. 더럽고 추악한 '악'이라고 치부해 왔던 것의 실체를 똑바로 직시해야 한다. 맑고 투명한 시선으로 뚫어지게 응시해야 한다. 심지어 시인은 사회적으로 또는 도덕적으로 없애버려야 할 쓰레기로 취급하는 사람들이라 할지라도 따뜻한 관심의 눈길로 바라보아야 한다.

가령 우리 앞에 더럽고 악취를 풍기는 똥 막대기가 하나 있다고 한다면, 그것을 똑바로 직시하지 않고서는 그것의 모양과 실체를 파악할 수 없다. 시인은 그것을 뚜렷하고 깊이 있게 관찰하여, "있는 그대로" 정직하게 그려내야 한다. 사물을 있는 그대로 그려낸다는 것은 생각처럼 그렇게 쉬운 일이 아니다.

사물과의 정다운 교감을 가질 줄 아는 사람이야말로 참다운 시인인 것이다. 아무리 하찮은 물건일지라도 그것을 잃어버렸을 때, 우리는 아쉬움을 크게 느끼게 된다. 그것은 그 사물과 나 자신이 나누어 가진 어떤 정다운 관계, 즉 '우정'이 있었기에 그런 감정을 느끼는 것이다. 사람에게만 우정을 느끼는 것이 아니고 사물에게도 우정을 느낄 수가 있다. 사물과의 교감, 그 우정의 느낌을 예리하고 섬세하게 표현했을 때, 그것을 읽는 독자는 커다란 동화同化(identification)의 기쁨에 떨게 된다.

시를 쓸 때는 말은 쉽고 의미가 많이 담겨지도록 해야 한다. 의미는 별로 담겨진 게 없고 말만 잔뜩 어렵게 쓸 때, 무슨 소리인지 도통 알 수 없는 가짜 시, 그것을 쓴 시인조차 이해할 수 없는 엉터리 시가 되고 만다. 그것은 난해시가 아니라 불가해한 시라고 할 수 있다. 난해시는 난해할 수밖에 없는 필연적인 이유가 있는 것이다. 도대체 전달이 안 되는 불가해한 시는 그야말로 말장난에 불과한 나쁜 시이다.

그리고 시인은 무엇보다 언어를 아껴서 정확히 사용해야 한다. 시인이 쓸데없는 말을 마구 남발한다면 시인으로서 자격이 없는 것이다. 시인은 말을 잘 부릴 줄 아는 뛰어난 장인인 것이다. 시인은 진실의 과녁을 정확히 꿰뚫는 언어의 명사수가 되어야 한다. 진실의 과녁을 향해 언어의 탄환을 10발 쏴서 겨우 2발 내지 3발 정도 관통시키는 시인은 시인이라는 이름을 붙일 수 없는 말 장난꾼일 것이다. 진실의 한복판을 백발백중 꿰뚫어야만 좋은 시인이 되는 것이다. 그런 언어의 명사수가 되기 위해서는 언어의 가능성과 한계를 명확히 인식하는 것으로부터 출발해야 한다.

자신이 가지고 있는 펜이라는 언어의 총이 300m의 사정거리를 갖고 있는 총이라면, 500m 지점에 있는 대상을 쏴봤자 헛일일 것이다. 자신이 갖고 있는 언어의 탄환들이 얼마나 준비되어 있는가. 자신이 쓰는 언어가 어떻게 어디까지 삶의 진실을 포착할 수 있는가. 즉 언어의 기능과 성능에 대해서 누구보다 명확히 알고 있어야 한다.

50여 년 가까이 시를 써왔지만, 나는 시가 삶의 진실과는 거리가 먼 언어의 기계체조이고, 말과 삶 사이의 간격, 즉 빈틈이 있는 것을 뼈저리게 깨닫고 수없이 절망하기도 했다. 언어의 사기성과 허구성에 절망하여 한때 시를 완전히 버릴 생각까지 한 적도 있다. 나의 졸시 「헛수고」는 그러한 절망적 자괴감과 고뇌를 직접적으로 드러낸 작품이라 할 수 있다.

> 힘껏 방아쇠를 당겨
> 언어의 탄환을 쏘아보아도
> 한사코 과녁 밖으로
> 빗나갈 뿐이니
>
> 아아, 헛되고 헛되도다
> 새 한 마리 떨어뜨리지 못하는
> 미친 시인의
> 사격술이여(……)

언어란 불완전하고 한계를 가진 수단이며 도구이다. 그러므로 불완전하고 한계를 가진 이 언어로써 사물의 실체와 삶의 진실을 한 치의 빈틈도 없이 드러낼 수는 없다. 그러니까 시와 삶 사이에는 근원적으로 어쩔 수 없이 빈틈이 있을 수밖에 없다. 시는 그러니까 이브 본느푸아(Yves Bonnefoy)가 말했듯이, 불완전하고 한계를 가진 언어로써 끊임없이 현존(présence)에 다가가려는 접근의 수단인 것이다.

우리를 둘러싸고 있는 하찮은 작은 사물과 정다운 대화를 나눌 때 생생하고 아름다운 포에지가 태어난다. 참다운 내적 울림으로서의 교감을 전해주지 못하는 시는 시가 아니라 삼류 유행가사에 지나지 않는 넋두리라고 할 수 있다. 시가 "감상적 속내 이야기를 마구 털어 넣는 요강"이 되지 않도록 늘 경계해야 한다.

시집 『순간의 거울』을 내면서, 나는 "이제는 자잘하고 고달픈 사람의 일뿐만 아니라 우주적 교감의 경이로움에 눈을 떠, 생명의 뜻을 캐낼 줄 아는 쟁기꾼으로서의 시인이 되고 싶다"고 머리말에서 쓴 적이 있다. 그건 이제까지 걸어온 나의 시적 도정 전체를 다 부정하고 새 길을 찾아 나서겠다는 뜻으로 말한 것은 아니다. 그리고 이른바 프랑스 상징주의자들, 특히 보들레르가 말한 '상응'의 시학을 고스란히 그대로 받아들여, 거기에 바탕을 둔 우주관 또는 자연관으로 세상을 말하려는 것도 아니다. 절대세계, 피안, 무한, 불가시의 영역에 있을 법한 비전 같은 것을 꿈꾸는 이상주의적 탐구의 태도보다는 보다 구체적인 생명 현상에 대해 깊이 파고드는 현상학적 입장에 서고 싶다는 그런 생각이다.

가령 「순간의 거울 8 -항아리」 같은 작품에서 보듯이, 순전히 전통적인 '한恨'의 정서를 낭만주의적 기법으로 그럴싸하게 표출한 단순한 서정시의 '아름다움'의 차원에 머무르지 않고, '항아리'라는 사물에 대한 일종의 '현상학적' 접근을 시도함으로써 우주적 상상력에 의한 깊은 인식의 차원을 노래하려는 게 근래의 나의 시적 방향이다.

누가 밤새 길어다 부었는가
뒷뜨락 항아리에 가득 고인
저 찰랑이는 옥玉빛 눈물의 은하수

내가 생각하는 교감의 시학을 보다 직접적으로 표현한 대표적 작품을 예로 든다면, 「순간의 거울 7 -상응」을 들 수 있을 것이다.

> 내가 문득
> 보조개 이쁜 누이를 바라보듯
> 꽃 한 송이 바라보니
> 새하얀 빛깔로
> 웃는다
>
> 가늘게 떠는
> 그 웃음소리에 놀라
> 잠 깬 이슬들이
> 내게 말을 걸어
> 이름을 묻는다
>
> 난 눈길 없는 눈길로
> 바라보는 돌
> 그대들이 바라보면
> 소리 없는 소리로
> 웃는 돌

이 작품은 말할 것도 없이 시의 부제목이 암시하듯, 만물 조응의 화답의 세계를 그린 것이다. '내'가 그윽히 꽃을 바라보니까 그 꽃이 내 눈길에 부딪쳐 미소를 짓고, 또 그 꽃의 웃음소리에 놀라 이슬들이 잠을 깬다고 묘사한 것은 이 우주를 찬란하고 황홀한 인드라망網으로 보았을 때 가능한 세계일 것이다. 인드라망이란 낱낱의 그물코마다 무수하게 영롱한 구슬을 달고 있는데, 하나의 구슬에 다른 구슬이 비치고 이것이 다시 다른 구슬에 비치고 또 이것이 먼저의 구슬에 비치는 이렇듯 무한히 서로 비추어 마침내 한 구슬에 일체가 투영되고 일체가 나타난 구슬이 다시 한 구슬에 비치는 그런 신비로운 그물망을 가리킨다. "천하에 아무 관계 없는 것이란 하나도 없다."는 겸애兼愛의 사상가 묵자墨子의 말도, 표현은 좀 다르지만, 세상을 거대한 인드라망의 구조로 본다는 점에선 상통한다고 하겠다.

한 송이 꽃을 바라볼 때, 그것을 단순한 대상(오브제)으로만 보게 되면 '대화'가 이루어지지 않는다. 인간이든 물건이든, 같은 중요성과 가치를 지닌 동등성의 위치에 놓고 볼 때 비로소 '대화'가 이뤄지게 될 것이다. 인간과 물건이 다 같이 아름답고 숭고한 의미를 지닌 생명체라는 인식에서 출발할 때, 참다운 커뮤니케이션이 성립되는 것이다. 내가 생각하는 교감의 세계는 '신비주의적인' 우주관에 기대어 있기보다는 보다 구체적이고 감각적인 대상, 즉 사물들에 대한 사랑으로부터 비롯된 '현상학적' 세계관에 바탕을 둔 것이라 할 수 있다.

이가림 연보

1943년 만주 열하熱河 출생. 호적상 본적은 전북 정읍. 주로 전주에서 성장.

1962년 전주고등학교 졸업. 국어를 가르쳤던 시인 신석정, 김해강, 백양촌 선생 등의 영향을 받아 문학에 눈뜸. 3학년 때, 전국고교문예현상에 시 「철로부근」 당선. 성균관대학교 불문과 입학.

1964년 경향신문 신춘문예에 시 「돌의 언어」(조지훈 심사) 가작 입선.

1966년 동아일보 신춘문예에 시 「빙하기」 당선(조지훈, 김현승 심사). 신춘시동인 활동.

1970년 성균관대학교 대학원 불문학과 입학. MBC-TV 프로듀서로 입사하여 1974년까지 근무.

1971년 김원옥金元玉(숙명여대 불문과)과 결혼. 첫째 딸 지원知爰 태어남.

1973년 성균관대 대학원 불문과 졸업. 둘째 딸 지영知玲 태어남. 첫 시집 『빙하기』(민음사) 출간.

1975년 숭전대·성신여대 출강. 가스통 바슐라르 『촛불의 미학』(문예출판사) 번역 간행.

1977년 숭전대학교 불문과 전임강사.
알베르 카뮈 『시지프의 신화』(문예출판사) 번역 간행.

1978년 현대프랑스시론집 『불사조의 시학』(정음사) 번역 간행.

1980년 가스통 바슐라르 『물과 꿈』(문예출판사), 『꿈꿀 권리』(열화당) 번역 간행.

1981년 시집 『유리창에 이마를 대고』(창작과비평사) 출간.

1982년 인하대학교 불문과 조교수. 프랑스 정부초청, 파리 4대학(Sorbonne)에서 불어교수법 과정 수료.

1983년 장 콕토 시집 『내 귀는 소라껍질』(열화당), 가스통 바슐라르 『풍경』 번역 간행.

1984년 인하대학교 불문학과 부교수. 쥘 르나르 『홍당무』(문예출판사) 번역 간행.

1985년 프랑스 루앙(Rouen)대학교 제3기 박사과정 입학.

1986년 프랑스 루앙 한국학교 교수(1986-1989).

1987년 이브 본느푸아 시선 『살라망드르가 사는 곳』(열음사) 번역 간행.

1989년 루앙대학교에서 조셉 마르크 벨베(Joséphe-Marc Bailbé) 교수의 지도하에 프랑스 상징주의 시학 연구로 불문학 박사 학위 받음. 시집 『슬픈 반도』(예전사) 출간.

1993년 작품 「석류」로 제5회 정지용문학상 수상.

1995년 시집 『순간의 거울』(창작과비평사) 출간.

1996년 제6회 편운문학상 수상. 파리 7대학에서 객원교수(Maître de Conférences associé)로 1년간 강의.

1997년 불역시집 『Le front contre la fenetre, 유리창에 이마를 대고』(Paris, L'Harmattan) 출간.

1998년 산문집 『사랑, 삶의 다른 이름』(시와 시학사) 출간.

1999년 정지용 불역시선집 『Nostalgie, 향수』(Paris, L'Harmattan) 조르주 지겔메이어 교수와 공역 간행. 제7회 후광後廣문학상 수상.

2000년 『미술과 문학의 만남』(월간미술사) 출간. 시집 『내 마음의 협궤열차』(시와시학사) 출간.

2001년 인하대 문과대 학장. 성균문학상 수상.

2002년 가스통 바슐라르 『순간의 미학』(영언문화사) 번역 간행.

2003년 윤대녕 불역소설 『Voleur d'Oeufs, 달걀도둑』(Paris, L'Harmattan 출판사) 조르주 지겔메이어 교수와 공역 간행.

2003년 한국불어불문학회 회장.

2004년 생텍쥐페리 외 『어머니, 그 이름 안에는 바다가 있다』(문학수첩) 번역 간행.

2004년 비평적 에세이 『흰 비너스 검은 비너스』(문학수첩) 출간.

2007년 바슐라르 『꿈꿀 권리』(열화당) 신개정판 출간. 계간 ≪시와시학≫ 주간.

2008년 작품 「귀가, 내 가장 먼 여행 2」로 제6회 유심惟心 작품상 수상.

2009년 인하대학교 문과대 서양어문학부 정년퇴임. 대한민국 옥조근정훈장 받음.
펜번역문학상 수상.

2011년 시집 『바람개비 별』(시학사) 출간. 활판인쇄본 시선집 『지금, 언제나 지금』(시월) 출간.

2012년 제10회 영랑시문학상 · 우현又玄예술상 수상.

현재 인하대학교 문과대 프랑스문화과 명예교수.

〖한국대표명시선100〗을 펴내며

한국 현대시 100년의 금자탑은 장엄하다. 오랜 역사와 더불어 꽃피워온 얼·말·글의 새벽을 열었고 외세의 침략으로 역경과 수난 속에서도 모국어의 활화산은 더욱 불길을 뿜어 세계문학 속에 한국시의 참모습을 드러내게 되었다.

이 나라는 글의 나라였고 이 겨레는 시의 겨레였다. 글로 사직을 지키고 시로 살림하며 노래로 산과 물을 감싸왔다. 오늘 높아져 가는 겨레의 위상과 자존의 바탕에도 모국어의 위대한 용암이 들끓고 있음이다.

이제 우리는 이 땅의 시인들이 척박한 시대를 피땀으로 경작해온 풍성한 시의 수확을 먼 미래의 자손들에게까지 누리고 살 양식으로 공급하는 곳간을 여는 일에 나서야 할 때임을 깨닫고 서두르는 것이다.

일찍이 만해는 「님의 침묵」으로 빼앗긴 나라를 되찾고 잃어가는 민족정신을 일으켜 세우는 밑거름으로 삼았으며 그 기름의 뜻은 높은 뫼로 솟아오르고 너른 바다로 뻗어 나가고 있다.

만해가 시를 최초로 활자화한 것은 옥중시 「무궁화를 심고자」(≪개벽≫ 27호 1922.9)였다. 만해사상실천선양회는 그 아흔 돌을 맞아 만해의 시정신을 기리는 일의 하나로 '한국대표명시선100'을 펴내게 된 것이다.

이로써 시인들은 더욱 붓을 가다듬어 후세에 길이 남을 명편들을 낳는 일에 나서게 될 것이고, 이 겨레는 이 크나큰 모국어의 축복을 길이 가슴에 새겨나갈 것이다.

만해사상실천선양회

한국대표명시선100 | **이 가 림**

모두를 위한 시간

1판1쇄 인쇄 2013년 2월 12일
1판1쇄 발행 2013년 2월 15일

지 은 이 이 가 림
뽑 은 이 만해사상실천선양회
펴 낸 이 이 창 섭
펴 낸 곳 시인생각
등 록 번 호 제2012-000007호(2012.7.6)
주 소 경기도 양평군 옥천면 고읍로 164
㊐476-832
전 화 (031)955-4961
팩 스 (031)955-4960
홈 페 이 지 http://www.dhmunhak.com
이 메 일 lkb4000@hanmail.net

값 6,000원

ISBN 978-89-98047-19-1 03810

※ 이 책은 만해사상실천선양회의 지원으로 간행되었습니다.